2. Lesestufe

Julia Boehme • Claudia Ondracek

Rabenstarke Pferdegeschichten

Mit Bildern von Dorothea Ackroyd
und Irmgard Paule

Ravensburger Buchverlag

Bibliografische Information Der Deutschen Nationalbibliothek:

Die Deutsche Nationalbibliothek verzeichnet diese Publikation
in der Deutschen Nationalbibliografie.
Detaillierte bibliografische Daten sind im Internet
über **http://dnb.d-nb.de** abrufbar.

1 2 3 10 09 08

Diese Ausgabe enthält die Titel
„Pferdegeschichten“ von Julia Boehme
mit Illustrationen von Dorothea Ackroyd,
„Rettung für Flöckchen“ von Claudia Ondracek
mit Illustrationen von Irmgard Paule

Ravensburger Leserabe

Umschlagbild: Irmgard Paule
Umschlagkonzeption: Sabine Reddig
Rätsel: Petra Buck
Rätselillustrationen: Heribert Schulmeyer

Printed in Germany
ISBN 978-3-473-36360-5

www.ravensburger.de
www.leserabe.de

Inhalt

Julia Boehme

Pferdegeschichten

Mit Bildern von Dorothea Ackroyd

Inhalt

Mitten in der Nacht

Die Ponys brauchen Hilfe!
Mit einem Ruck
setzt sich Ramona im Bett auf.
Es ist noch dunkel,
mitten in der Nacht.
Das mit den Ponys
muss ein Traum gewesen sein.
Ein schlimmer Traum!
Aber eben nur ein Traum.

Ramona legt sich wieder hin.
Die Hände
unter dem Kopf verschränkt.
So liegt sie da.
Ganz still.
Und da hört sie es:
ein aufgeregtes Wiehern.
Die Ponys brauchen doch Hilfe!,
schießt es Ramona durch den Kopf.

Sie stürzt zum Fenster.
Der Mond scheint
gerade hell genug,
dass sie die Ponys sehen kann.
Dicht gedrängt stehen sie
und schauen über den Zaun.
Irgendetwas stimmt da nicht.

Ramona läuft die Treppe hinunter.
Leise öffnet sie die Tür zum Hof
und schlüpft nach draußen.
Im Nachthemd.
Nicht einmal Schuhe hat sie an.
Barfuß läuft sie den warmen
Sandweg entlang zur Weide.
Die Pferde schnauben aufgeregt.

Und dazwischen hört Ramona
ein feines, klägliches Wiehern.
Das ist Nicki!
Das schokoladenbraune Fohlen!

Ramona starrt
zu den Pferden hinüber,
doch Nicki ist nicht da.
Wo steckt er bloß?
Er wird doch nicht etwa …
Ramona läuft zum Graben,
der neben dem Weidezaun
entlangführt.

Und wirklich,
unten im Graben steht Nicki
und kann nicht hoch.
Wie ist er bloß
über den Zaun gekommen?
Egal. Ramona muss ihm helfen.

Sie rutscht in den Graben hinunter.
Zum Glück ist er jetzt im Sommer
fast ausgetrocknet.
„Hallo, Nicki“, sagt sie sanft.
Das Fohlen schaut sie
mit großen Augen an.
„Keine Angst, ich helfe dir!“
Die Frage ist nur wie?
So ein Fohlen ist schwer.

Ramona überlegt.
Und schon hat sie eine Idee.
Vorne beim Gatter
ist doch die Brücke.
Da liegen
noch ein paar alte Bretter!
„Ich bin gleich wieder da!“,
verspricht Ramona dem Fohlen.

Stöhnend hievt sie
ein großes, langes Brett
in den Graben.
So, dass ein Ende
auf der Brücke liegt,
das andere im Graben.
Ein Steg für Nicki.
So müsste es klappen.

Ramona rutscht wieder
in den Graben.
„Komm mit, Nicki“, sagt sie.
Brav trottet Nicki ihr hinterher,
bis sie den Steg erreichen.
„Los, hier hoch!“, ruft Ramona.
Das Brett wackelt ein wenig.
Ängstlich bleibt Nicki stehen.

Da gibt Ramona dem Fohlen
einen kleinen Klaps auf den Po.
Mit zwei Sätzen ist es oben.

Ramona klettert schnell hinterher.
„Bleib schön hier!“, sagt sie,
während sie das Gatter öffnet.
Nicki hat keine Lust
auf neue Abenteuer.
Brav lässt er sich
auf die Weide führen.
Seine Pony-Mama schleckt
ihm sein Schokoladen-Fell.
Und auch Ramona bekommt
ein feuchtes Küsschen von ihr.

Hab ich das
etwa alles nur geträumt?,
fragt sich Ramona,
als sie am nächsten Morgen
aufwacht.
Aber bekommt man denn
von einem Traum
auch so schwarze Füße?
Wohl kaum!

Ferien zu Hause

„Fahren wir denn gar nicht weg?"
Mama schüttelt den Kopf.
„Das können wir uns nicht leisten.
Wir sind doch erst umgezogen."
„Die ganzen Ferien nicht?",
fragt Sophie erschrocken.
„Dafür haben wir jetzt ein Haus
mit einem wunderschönen Garten",
sagt Mama und lächelt fröhlich.

Sophie seufzt.
Mama versteht rein gar nichts.
Alle ihre Freunde
sind weggefahren.
Und sie sitzt hier alleine rum.
Was sind denn das für Ferien?
Richtig saublöde Ferien!

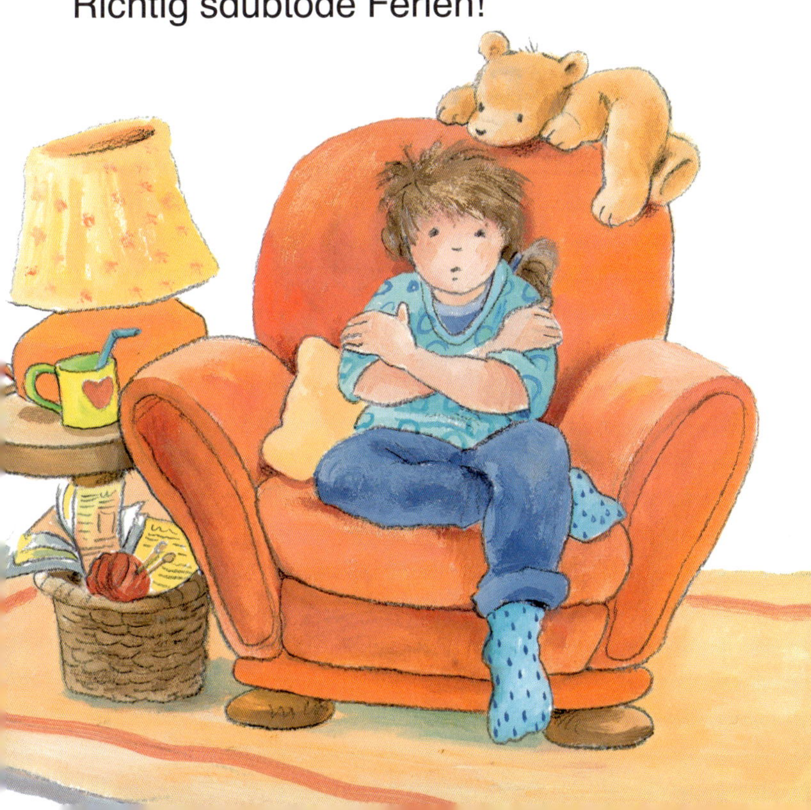

Im Garten
ist es Sophie zu langweilig.
Sie holt sich ihr Rad
aus dem Schuppen
und fährt ein bisschen herum.
Sie wohnen jetzt
am Rand der Stadt.
Hier gibt es nicht viel zu sehen.
Nur Häuser ganz so
wie das Haus von Sophies Eltern.

Schließlich entdeckt Sophie
einen Spielplatz.
Doch da ist niemand zum Spielen.
Nur ein paar Babys
mit ihren Mamas.
Hinter dem Spielplatz
ist die Stadt zu Ende.
Da gibt es nur noch Felder
und Weiden.

Sophie radelt
einen Feldweg entlang.
Vielleicht sind dort wenigstens
ein paar Kühe oder so was.

Doch Sophie findet
etwas viel Besseres:
eine Weide mit zwei Ponys!
Sophie füttert sie
mit Grasbüscheln.

Eins ist braun gescheckt.
Das andere pechschwarz
mit einer langen, zotteligen Mähne.
Auf der Stirn hat es
einen kleinen weißen Stern.
„Bist du süß“, flüstert sie
und streichelt seine weiche Nase.

„Sternchen ist wirklich süß!“
Verblüfft dreht Sophie sich um.
Hinter ihr steht ein Mädchen
mit dunklen Locken und lacht.
„Ich bin Ronja“, sagt es.
„Und mir gehören die Pferde!“
„Hast du aber Glück“,
murmelt Sophie.
„Schon, aber alleine
ist es meistens nicht so toll.“

Ronja reibt sich
nachdenklich die Nase.
„Willst du mit auf den Hof kommen
und Sternchen striegeln?“
Wie gerne würde Sophie
mitkommen!
Doch da gibt es ein Problem.
„Ich habe noch nie
ein Pony gestriegelt“, gibt sie zu.

„Macht doch nichts“, lacht Ronja.
„Das zeige ich dir schon.“
„Ehrlich?“
Sophie strahlt übers ganze Gesicht.
Vielleicht ist es ja doch ganz gut,
dass sie umgezogen sind.
Ronja strahlt auch: „Klar,
und wenn es dir Spaß macht,
kommst du öfter, ja?!“

Möhren sind echt gut!

Iiih, Möhren!
Möhren schmecken furchtbar.
Das findet zumindest Lars.
Rasmus ist anderer Meinung.
Und deswegen will Lars
jetzt plötzlich immer
eine Karotte mit zur Schule haben.
Mama freut sich.
Sie denkt natürlich,
dass Lars die Möhre isst.
Doch die Karotte ist nicht für Lars.

Mama weiß nicht,
dass Lars einen Umweg macht,
wenn er zur Schule geht.
Jeden Morgen läuft Lars nämlich
an der großen Weide vorbei.
Und dort steht Rasmus
und wartet schon auf ihn.
Er hat rotbraunes Fell,
fast karottenfarben.
„Vielleicht kommt das ja
von den Möhren?“, denkt Lars.

Ein Möhrenstückchen
nach dem anderen
legt er auf die flache Hand.
Rasmus kaut genüsslich
und lässt sich von Lars streicheln.
Dann läuft Lars zur Schule.
Schnell, damit er nicht
zu spät kommt.

Als Lars heute zur Weide kommt,
traut er seinen Augen kaum.
Das Gatter steht weit offen.
Und Rasmus ist nicht
wie sonst auf der Weide,
sondern trottet die Straße entlang.

Lars wird blass.
Wenn jetzt ein Auto kommt!,
denkt er aufgeregt.
Er muss Rasmus
schnell von der Straße locken.
Und Lars weiß schon womit:
mit seiner Karotte natürlich.
„Hallo, Rasmus“, ruft er
und wedelt mit der Möhre.
Rasmus hebt den Kopf.
Er frisst gerade
die leckeren Blumen
auf dem Grünstreifen.
Aber zum Glück hat er
trotzdem Appetit
auf Möhren.
Er läuft zu Lars hinüber.

Lars reicht ihm ein Stückchen
nach dem anderen.
Und nach jedem Happen
geht er ein paar Schritte rückwärts.
Bis er mit Rasmus
mitten auf der Weide steht.
„Bleib schön hier!“
Lars streichelt Rasmus.
Dann läuft er
blitzschnell zum Gatter
und macht es zu.

Rasmus sieht ein bisschen
enttäuscht aus.
„Sei mir nicht böse,
aber hier ist es sicherer für dich!“,
sagt Lars.
„Und morgen bringe ich dir auch
zwei Möhren mit“, verspricht er.
Das scheint
Rasmus zu gefallen.
Fröhlich schlägt er
mit dem Schweif.

Und Mama freut sich auch.
„Du willst heute zwei?“, fragt sie am nächsten Morgen zufrieden.
„Ja, Möhren sind doch was Gutes, nicht wahr?“
„Stimmt!“ Lars grinst.
Solange er sie nicht selber essen muss schon!

Das liebste Pferd der Welt

„Na, das sieht doch
schick aus“,
sagt der Arzt und lächelt.
Amelie findet das gar nicht.
Ihr linker Arm steckt in einem
harten, blauen Plastikverband.
Er ist gebrochen.
Nur weil sie auf dem doofen
Spielzeugauto ausgerutscht ist.
So etwas Blödes!
Das Schlimmste ist aber,
dass sie jetzt nicht reiten kann.
Trotzdem geht sie
am Mittwoch
zur Reitstunde.

„Noch eine Patientin“, sagt Petra,
die Reitlehrerin.
„Saphir ist auch krank.
Er freut sich bestimmt,
wenn du ihn im Stall besuchst.“
Ausgerechnet Saphir!
Amelie seufzt.
Obwohl sie Pferde über alles liebt:
Saphir kann sie nicht leiden.
Immer wenn sie auf ihm reitet,
versucht er sie abzuwerfen.
Und nicht nur sie.
Saphir hasst es,
geritten zu werden.

Petra bringt sie in den Stall.
„Hallo, Saphir! Du hast Besuch!“
Amelie gibt sich einen Ruck.
„Hallo“, sagt sie freundlich.
Doch als sie ihn streicheln will,
schnappt er nach ihrer Hand.

„Du Mistvieh!“, schimpft Amelie.
„Ist ja gut!“
Petra tätschelt das Pferd.
„Er hat es früher nicht gut gehabt
und braucht viel Liebe“,
erklärt sie Amelie.

„Striegel ihn doch mal.
So werdet ihr sicher schnell
Freunde!“
Freunde? Amelie möchte sich nicht
mit Saphir befreunden.
Sie möchte gehen.
Aber dann holt sie
doch das Putzzeug
und bürstet sein Fell.
Saphir blickt kaum hoch.
Aber er schnappt wenigstens
nicht mehr nach ihr.

„Mit einer Hand ist das alles
gar nicht so einfach“, sagt Amelie.
Und dann erzählt sie, wie sie sich
den Arm gebrochen hat.
Saphir spitzt die Ohren.
Er scheint tatsächlich zuzuhören.
Als Amelie geht,
reibt er seinen Kopf an ihrem Pulli.
Nur ganz kurz.

„Kannst du morgen
wiederkommen?“,
fragt Petra.
Amelie kommt.
Auch die nächsten Tage.
Saphir freut sich. Jedes Mal mehr.
Und Amelie auch.
Sie kommt, bis Saphir gesund ist.
Da ist auch ihr Verband längst ab.
In seiner ersten Reitstunde
bockt Saphir wie immer.
Keiner soll ihn reiten!
Keiner, bis auf Amelie.
Als sie aufsteigt,
ist er auf einmal brav.
Ab jetzt reitet Amelie
nur noch auf Saphir.

„Er ist das liebste Pferd der Welt“,
behauptet sie jetzt.
„Zumindest bei mir!“

Claudia Ondracek

Rettung für Flöckchen

Mit Bildern von Irmgard Paule

Inhalt

Nichts los in diesem Nest!

Die Zwillinge Katrin und Vera
sind neu im Dorf.
Sie wohnen in einem schönen Haus
mit einem großen Garten.
Aber trotzdem
finden sie es furchtbar!
„Als Tierarzt habe ich auf dem Land
einfach mehr zu tun“, sagt Papa.
„In der Stadt gibt's
nicht so viele Tiere.“

„Aber wir langweilen uns
in dem Nest zu Tode“, mault Vera.
„Und was ist mit den Pferden?“,
fragt Mama.
„Die müssen euch
Pferde-Närrinnen
doch gefallen.“

„Auf dem Reiterhof in der Stadt gibt es auch viele Pferde“, schimpft Katrin.
„Und dort sind auch unsere Freunde!“
Wütend kickt sie einen Stock weg.

Hund Prinz jagt bellend hinterher.
„Wenigstens der fühlt sich hier pudelwohl“, ruft Vera.

Die Zwillinge rennen
hinter Prinz her.
Der legt voller Erwartung
den Stock vor ihre Füße.
„Fang“, sagt Katrin
und wirft den Stock weiter.
Sie jagen über Wiesen und Felder,
springen über Bäche und Zäune.
Weit und breit ist
niemand zu sehen.

„Hier ist wirklich nichts los“,
stöhnt Vera.
„Und was ist das da vorne?“,
fragt Katrin und zeigt
auf eine Wiese mit Bäumen.
„Ein Stall oder so“,
meint Vera und kichert.
„Vielleicht lebt da ja Heidi!
Nichts wie hin!“

Die Entdeckung

Der Stall ist klein – und alt
und auch ein bisschen windschief.
Er steht zwischen Apfelbäumen.
Neben dem Stall ist eine Koppel.
Auf der wächst kein Grashalm mehr.
Aber in einer Ecke der Koppel
steht ein Pferd.
Ein braunes, mit weißen Flecken!

Katrin und Vera locken das Pferd
mit ein paar Äpfeln an.
Das Pferd frisst sie gierig.
„Du bist ja richtig ausgehungert“,
sagt Katrin und schaut sich um.
Sie kann nirgends Heu entdecken.
Und der Wassereimer ist auch leer.

Vera krault das Pferd
hinter den Ohren.
Das Pferd hält ganz still.
„Na, du Genießer“, sagt Vera.
„Gestriegelt werden
müsstet du auch mal!“

Katrin runzelt die Stirn.
„Der Besitzer scheint sich nicht gut
um das Pferd zu kümmern“,
murmelt sie.
„Das sollten wir beobachten,
meinst du nicht?“
Vera nickt. „Auf jeden Fall!“
Da verstehen
die beiden Pferde-Närrinnen
nämlich keinen Spaß.
Wer ein Tier hat,
muss es auch versorgen!
„Morgen kommen wir wieder“,
sagen die Zwillinge
und klopfen
dem Pferd den Hals.
„Mit frischem Wasser und Futter.

Keine Sorge,
wir passen auf dich auf!“
Dann pfeifen sie nach Prinz und
machen sich auf den Heimweg.

„Zu Hause verraten wir nichts, oder?“, fragt Vera aufgeregt. „Natürlich nicht“, meint Katrin. „Das Pferd bleibt unser Geheimnis. Jetzt haben wir wenigstens etwas zu tun in diesem Nest!“

Prinz Spürnase

„Wozu braucht ihr die Möhren?“,
fragt Mama am nächsten Tag.
„Für unser Picknick“,
sagt Vera schnell.
„Tschüss, bis nachher!“
Sie zieht Katrin hinter sich her,
bevor Mama noch etwas
sagen kann.
Sie wittert Geheimnisse
nämlich immer wie ein Hund
den vergrabenen Knochen.

Mit ihrem alten Leiterwagen
und einem Eimer voll Wasser
ziehen die Zwillinge los.
Prinz springt fröhlich
neben ihnen her.

Unterwegs reißen sie Gras aus.
„Das wird ja
ein richtiges Festtagsessen
für unseren neuen Freund“,
sagt Vera und zieht
den Leiterwagen
über die holprigen Wege.

„Pass doch auf",
ruft Katrin und springt zur Seite.
„Sonst haben wir bald
kein Wasser mehr!"
Da taucht schon der Stall
zwischen den Apfelbäumen auf.
„Gleich haben wir es geschafft",
murmelt Vera.
Doch die Koppel ist leer.
Vera und Katrin rufen.
Erst leise, um das Pferd
nicht zu erschrecken.
Dann lauter.

Aber nichts rührt sich im Stall.
Ob das Pferd ausgeritten wird?
Prinz schnüffelt aufgeregt herum.
Am Gatter bleibt er plötzlich stehen
und beginnt laut zu kläffen.
„Was hast du denn nur?“,
wundert sich Katrin
und zieht Prinz weg.
Da sieht sie es:
Am Gatter klebt Blut!

Ein Notfall

„Vera, komm schnell!“,
ruft Katrin.
Die beiden starren entsetzt
auf das Blut.
„Vielleicht ist das Pferd verletzt
und liegt im Stall“,
sagt Vera aufgeregt.
„Los, wir gehen rein!“
Sie will über den Zaun klettern.

Aber Katrin hält sie fest.
„Nein, das machen wir nicht“,
erwidert sie. „Denk dran, was wir
in der Reitschule gelernt haben:
Verletzte Pferde
können gefährlich sein.“
Vera bleibt stehen.
„Du hast Recht“, murmelt sie
und schaut sich um.
Plötzlich grinst sie
und zeigt nach oben.
„Aber durch das kleine Fenster
können wir wenigstens
in den Stall reinschauen!“

Katrin macht eine Räuberleiter.
Vera zieht sich hoch
und guckt durch das Fenster.

Erst sieht sie nichts.
Doch dann gewöhnen sich
ihre Augen an das Dunkel.
Da an der Wand hängen
Sattel und Zaumzeug.
Dort in der Ecke steht
eine Mistgabel.
Und dann entdeckt sie das Pferd.
Es steht ganz hinten an der
Stallwand und rührt sich nicht.

„Es ist da“, flüstert Vera Katrin zu und klettert herunter.
„In dem Stall stinkt’s fürchterlich“, sagt sie. „Da müsste einmal dringend ausgemistet werden. Komm, wir locken das Pferd raus!“

Die Zwillinge stellen
den Eimer Wasser auf die Koppel.
Daneben legen sie
das Gras und die Möhren.

Ein paar Möhren werfen sie
durch die offene Tür in den Stall.
Dann setzen sie sich
unter einen Apfelbaum und warten.

„Sei schön leise“,
raunt Vera Prinz zu,
der neben ihnen im Gras liegt.
„Das dauert ja ewig“,
wispert Katrin.
„Vielleicht kann sich das Pferd
nicht mehr bewegen.“

Da taucht auf einmal
der Pferdekopf an der Stalltür auf.
Langsam nähert sich das Pferd
dem Eimer und trinkt gierig daraus.
Dann frisst es etwas von dem Gras
und den Möhren.

Vera und Katrin reden beruhigend auf das Pferd ein.
Das spitzt die Ohren und lauscht.
Die Zwillinge beugen sich vorsichtig über den Zaun.
Da sehen sie es:
Das Pferd ist verletzt.
An den Fesseln klebt etwas Blut.
Trockenes Blut.
„Meinst du, es wurde geschlagen?“, fragt Katrin entsetzt.
„Vielleicht“, sagt Vera.
„Wir müssen Papa unser Geheimnis verraten.
Das ist ein Notfall ...!“

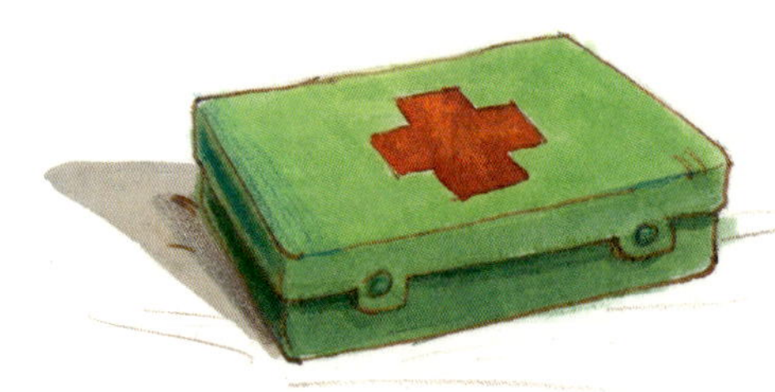

Unerwarteter Besuch

Papa lässt sich nicht lange bitten.
„Hier, nehmt das trockene Brot“,
sagt er, „das werden wir brauchen!“
Die Koppel ist wieder leer.
„Ihr wartet hier“,
sagt er zu den Zwillingen.
„Ich schau mal nach.“
Langsam geht Papa in den Stall.
Vera und Katrin hören ihn
leise reden.

„Komm schon, dir passiert nichts.
Ich will mir nur mal
deine Wunden anschauen.
Ist ja gut, komm, meine Hübsche!“
Papa führt das Pferd
am Halfter heraus.

„Vera, Katrin, kommt mal her“,
sagt er. „Prinz, du bleibst draußen!“
Vera hält das Pferd am Halfter,
Katrin füttert ihm das trockene Brot
und Papa untersucht die Wunden.

„Und“, fragt Katrin aufgeregt,
„wurde es geschlagen?“
Papa schüttelt den Kopf.
„Nein“, meint er,
„das sind nur kleine Bisswunden.
Von einem Hund oder Fuchs,
nicht weiter schlimm.
Und richtig verwahrlost ist
das Tier zum Glück auch nicht.
Es wurde in den letzten Tagen
nur nicht so gut gepflegt.“
Plötzlich kläfft Prinz wie verrückt.
„Hab ich dich endlich, du Köter“,
brüllt jemand. „Warte,
jetzt geht’s dir an den Kragen!“

Drei Freundinnen

„Prinz“, rufen die Zwillinge
und rennen ans Gatter.
Hinter dem Stall taucht
ein alter Mann auf.
„Runter von meiner Koppel!“,
schreit er wütend und hebt
drohend seinen Stock.
„Ist Flöckchen etwas passiert?
Hat euer blöder Köter
sie wieder gebissen?“

Katrin und Vera kriegen
vor Schreck kein Wort heraus.
Aber Papa hinter ihnen.

„Prinz, aus!“, sagt er.
Dann stellt er sich vor.
„Merkens mein Name.
Ich bin der neue Tierarzt im Ort.“

„Ich heiße Muhl“,
erwidert der alte Mann.
„Und was machen Sie hier?“
„Meine Töchter haben sich Sorgen
um ihr Pferd gemacht“,
erklärt Papa.
Aufgeregt erzählen die Zwillinge
die ganze Geschichte.

Herr Muhl hört aufmerksam zu.
Immer wieder schüttelt er den Kopf.
„Da hat sich Karl aber gar nicht gut
um Flöckchen gekümmert“,
murmelt er wütend.
„Mit dem werde ich
ein Hühnchen rupfen!“
Dann schaut er die Zwillinge an
und lächelt.

„Vielen Dank“, sagt er.
„Ihr wart sehr aufmerksam
und kennt euch gut mit Pferden
aus. Ich hatte Fieber und konnte
die letzten fünf Tage
einfach nicht
zu Flöckchen kommen.
In meinem Alter fällt mir das
nicht mehr so leicht ...“
„Wir helfen Ihnen gerne“,
rufen die Zwillinge
wie aus einem Mund.

„Mit Ausmisten und Füttern
kennen wir uns nämlich aus.
Wir reiten schon seit drei Jahren!“
„Soso“, sagt Herr Muhl zögernd.
„Das wäre gar nicht schlecht.
Hilfe könnte ich gebrauchen.
Wollt ihr das wirklich tun?“
Die Zwillinge nicken.

„Dürfen wir, Papa?“, fragen sie.
Der lacht. „Von mir aus gerne.“

„Na, Flöckchen“, sagt Herr Muhl,
„was hältst du von
deinen neuen Freundinnen?
Willst du mit ihnen mal
eine kleine Runde drehen?“
Flöckchen wiehert.
Und Katrin und Vera strahlen.

„Aber erst mal nur hier
auf der Koppel“, sagt Papa.
„Bis Flöckchen wieder
ganz gesund ist.
Und Sie können mir
von dem Hund erzählen, der
Flöckchen gebissen hat.
Dagegen müssen wir dringend
etwas unternehmen.“
Herr Muhl nickt.
„Das Zaumzeug hängt im Stall“,
meint er.

Die Zwillinge winken lachend ab und rufen: „Und der Sattel auch! Das wissen wir. Wir haben immerhin schon mal durchs Fenster geguckt. Aber den Sattel brauchen wir nicht!“ Wenig später schwingen sich die zwei auf Flöckchens Rücken. „Und bald reiten wir richtig aus“, flüstern sie glücklich.

Julia Boehme wurde 1966 in Bremen geboren. Sie studierte Literatur- und Musikwissenschaft und arbeitete danach als Redakteurin beim Kinderfernsehen. Eines Tages fiel ihr ein, dass sie als Kind unbedingt Schriftstellerin werden wollte. Wie konnte sie das bloß vergessen? Auf der Stelle beschloss sie, jetzt nur noch zu schreiben. Seitdem lebt sie in Berlin und denkt sich Kinderbücher und Geschichten fürs Fernsehen aus.

Dorothea Ackroyd, geboren 1960, studierte Grafikdesign an der Fachhochschule Bielefeld, bevor sie sich 1990 als Illustratorin selbstständig machte. Anregungen für ihre Arbeit erhält sie vor allem durch ihre beiden Kinder, die gleichzeitig ihre wichtigsten Modelle sind. Vor allem wenn ihre Tochter Reitstunden nimmt, zückt Dorothea Ackroyd gerne den Zeichenstift.

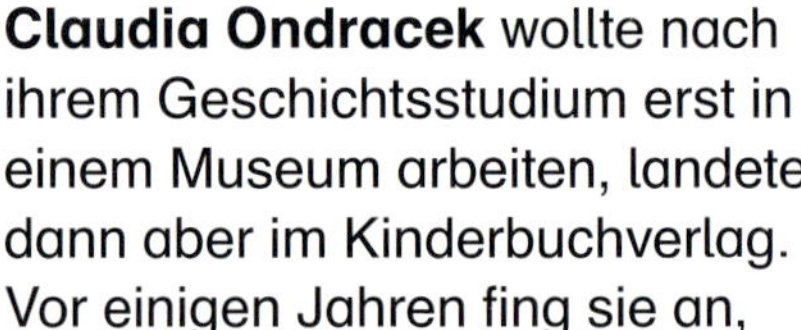

Claudia Ondracek wollte nach ihrem Geschichtsstudium erst in einem Museum arbeiten, landete dann aber im Kinderbuchverlag. Vor einigen Jahren fing sie an, selbst Geschichten zu schreiben. Die fallen ihr in ihrem Arbeitszimmer über den Dächern von Berlin ein oder wenn sie mit ihrem Sohn herumtobt …

Irmgard Paule arbeitete lange Zeit als Werbegrafikerin. Nach zehn Jahren hatte sie genug davon und fing an, Kinderbücher zu illustrieren. Davon hat sie nämlich schon als Kind geträumt. Und seitdem bevölkern die witzigen Figuren von Irmgard Paule unzählige Bücher, zum Beispiel die „Piratengeschichten“ von Amanda Krause im Leseraben.

Rätsel
mit dem Leseraben

Die **Rabenstarken Pferdegeschichten** sind hier zu Ende. Aber der Leserabe hat sich noch ein paar knifflige Rätsel rund ums Thema Pferde und Reiten ausgedacht. Ob du richtig gerätselt hast, kannst du bei den Lösungen auf den Seiten 117–120 nachlesen.

Aber jetzt kommt's! In einigen Rätseln findest du rote Felder mit Nummern. Wenn du die dazugehörigen Buchstaben sammelst, erhältst du das Lösungswort:

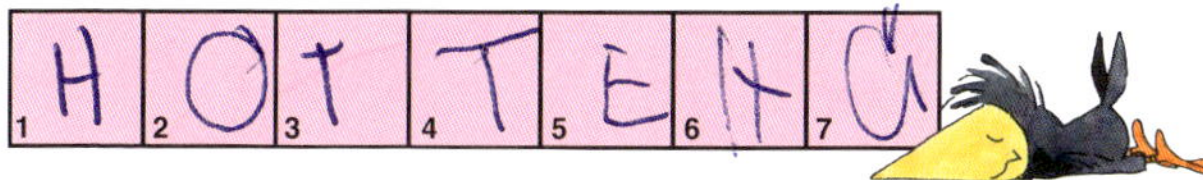

Mit diesem Lösungswort kannst du am Leseraben-Gewinnspiel teilnehmen. Wie das genau geht, steht auf Seite 121.

Leserätsel

Super, du hast das ganze Buch geschafft! Hast du die Geschichten ganz genau gelesen? Der Leserabe hat sich ein paar spannende Rätsel für echte Lese-Detektive ausgedacht. Mal sehen, ob du die Fragen beantworten kannst. Wenn nicht, lies einfach noch mal auf den Seiten nach. Wenn du die richtigen Antwortbuchstaben in die Kästchen auf Seite 96 und 99 eingesetzt hast, bekommst du die beiden Lösungswörter.

Fragen zu den „Pferdegeschichten“

1. Wie rettet Ramona das Fohlen Nicki? (Seite 16)

S: Ramona ist stark und trägt Nicki aus dem Graben.

R: Sie baut für Nicki eine Art Brücke mit einem Brett.

2. Woher weiß Ramona, dass sie nicht geträumt hat? (Seite 19)

E : Ihre Füße sind am nächsten Morgen schwarz.

O: Ihr Bett ist voller Pferdehaare.

3. Warum fährt Sophie mit ihren Eltern nicht in die Ferien? (Seite 20)

I : Weil Sophies Eltern gerade umgezogen sind und es sich nicht leisten können.

M: Weil Sophie unbedingt zu Hause bleiben wollte.

4. Wo lernt Sophie Ronja kennen? (Seite 24–26)

N: Sie lernt Ronja auf dem Spielplatz kennen.

T : Sie trifft Ronja auf der Weide mit den beiden Ponys.

5. Was denkt Lars' Mama über die Möhren? (Seite 29)

S: Sie denkt, dass Lars die Möhren selbst isst.

R: Sie freut sich, weil Lars die Möhren Rasmus mitbringt.

6. Wieso macht Lars einen Umweg, wenn er zur Schule geht? (Seite 30)

T : Er besucht Rasmus auf der Weide.

U: Er kauft sich Süßigkeiten für die große Pause.

7. Wie schafft es Lars, Rasmus zurück auf die Weide zu locken? (Seite 33/34)

K : Er ruft laut Rasmus' Namen, und das Pony gehorcht aufs Wort.

N : Er gibt ihm Möhrenstücke und geht dabei immer weiter Richtung Weide.

8. Warum kann Amelie eine Weile nicht reiten? (Seite 37)

D : Sie hat sich den linken Arm gebrochen.

F : Ihre Eltern haben kein Geld für Reitstunden.

9. Wieso beschimpft Amelie Saphir zuerst als „Mistvieh"? (Seite 39)

A : Weil Saphir bockt, als Amelie zum ersten Mal auf ihm reitet.

E : Weil Saphir nach ihrer Hand schnappt, als sie ihn streicheln will.

Lösung:

Fragen zu „Rettung für Flöckchen“

1. Wieso ziehen die Zwillinge mit ihren Eltern aufs Land? (Seite 50)
R: Ihr Papa hat dort als Tierarzt mehr zu tun.
S: Das Haus in der Stadt war zu teuer.

2. Warum finden Katrin und Vera ihr neues Zuhause furchtbar? (Seite 51/52)
T: Weil ihr Haus zu klein ist und keinen Garten hat.
E: Weil sie sich im Dorf ohne ihre Freunde zu Tode langweilen.

3. Was entdecken die Mädchen? (Seite 54/55)
A: Eine verlassene Villa zwischen Apfelbäumen.
I: Einen Stall und eine Koppel mit einem braunen Pferd.

4. Wozu brauchen die Zwillinge die Möhren? (Seite 61/62)
N: Sie brauchen die Möhren für ein Picknick.
T: Sie wollen damit heimlich das Pferd füttern.

5. Warum hält Katrin Vera fest, als die über den Zaun klettern will? (Seite 65/66)

E : Weil sie Blut am Gatter entdeckt haben und verletzte Pferde gefährlich sein können.

D : Weil Vera sich beim Klettern verletzen könnte.

6. Wie schaffen es Vera und Katrin durch das Stallfenster zu schauen? (Seite 67)

R : Sie machen eine Räuberleiter.

I : Sie klettern auf den Zaun.

7. Was sagt Herr Merkens, Veras und Katrins Papa, zu den Verletzungen des Pferdes? (Seite 76)

B : Dass das Pferd geschlagen wurde.

H : Dass es von einem Hund oder Fuchs gebissen wurde.

8. Warum konnte sich Herr Muhl in den letzten Tagen nicht um Flöckchen kümmern? (Seite 81)

U : Weil er keine Zeit hatte.

O : Weil er krank war und Fieber hatte.

9. Warum sind die Zwillinge am Ende glücklich? (Seite 82)

F : Sie dürfen sich um Flöckchen kümmern.

A : Sie ziehen wieder in die Stadt zurück.

Lösung:

Bilderrätsel

Die Zwillinge füttern gerade Flöckchen. Aber was ist das? Auf dem rechten Bild stimmt doch etwas nicht! Findest du die **acht** Fehler?

Buchstabengitter

In diesem Buchstabengitter haben sich sowohl waagrecht als auch senkrecht **sieben** Begriffe aus der Pferdewelt versteckt.
Findest du sie? Streiche die Wörter im Gitter an und schreibe sie danach auf die Linien auf der rechten Seite.

K	O	M	T	U	R	N	Z	Ö	F	S
O	L	E	S	T	A	L	L	U	P	T
P	I	M	M	Ü	B	C	H	R	U	D
P	O	N	Y	V	H	O	L	K	T	I
E	D	W	B	M	E	K	G	U	Z	E
L	F	Ä	J	K	U	S	T	P	Z	N
R	S	T	E	I	G	B	Ü	G	E	L
O	V	E	I	N	A	K	S	B	U	L
T	A	L	L	Y	B	O	T	T	G	P
R	Ö	Z	Ü	G	E	L	Z	E	H	Ö
F	A	T	P	I	L	C	U	N	S	M

Bilder-Kreuzworträtsel

In diesem Kreuzworträtsel verstecken sich einige Begriffe rund ums Thema Pferde und Reiten. Schau dir die Bilder genau an und trage die gesuchten Wörter in das Gitter ein.

Irrgarten

Am Ende des Waldes wartet ein leckerer Apfel auf das hungrige Pony. Welchen Weg muss es nehmen, um an den Apfel zu kommen? Die Buchstaben, die dem Pony auf dem richtigen Weg begegnen, verraten dir das Lösungswort.

Lösung:

3 T	R	A	B

Buchstabensalat

Hier hat der Leserabe wohl zu wild mit den Flügeln geschlagen! Ein paar Buchstaben sind durcheinandergepurzelt. Setze aus den Buchstaben wieder die richtigen Wörter zusammen und schreibe sie rechts in die Strohballen.
Noch ein Tipp: Auch hier dreht sich natürlich alles ums Reiten.

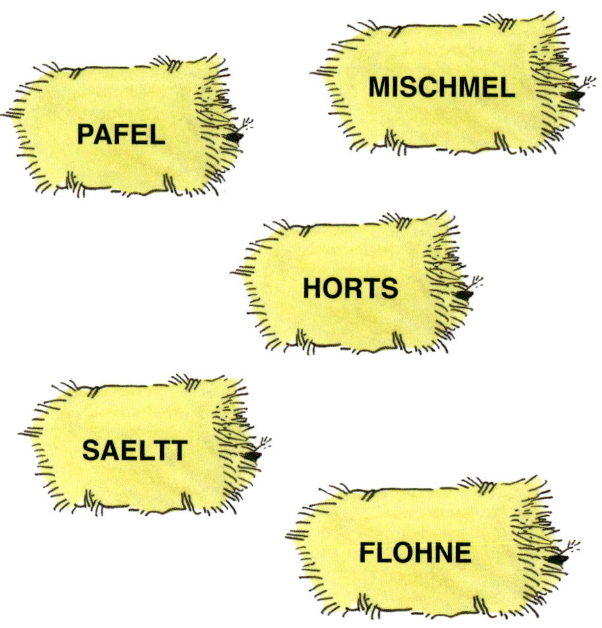

Apfel

Buchstaben-Sudoku

Sudoku ist japanisch und bedeutet so viel wie „eine Zahl, die allein steht“. Bei einem Buchstaben-Sudoku ist das so ähnlich, nur darf hier jeder Buchstabe von A bis I in jeder Zeile, jeder Spalte und in jedem Kasten nur ein Mal vorkommen.
Kannst du die leeren Kästchen rechts richtig füllen?
Noch ein Tipp: Löse das Rätsel Stück für Stück und schaue dir dabei am besten immer eine bestimmte Zeile, eine bestimmte Spalte oder einen bestimmten Kasten ganz genau an!
Das Bild unten zeigt dir, wie's geht.

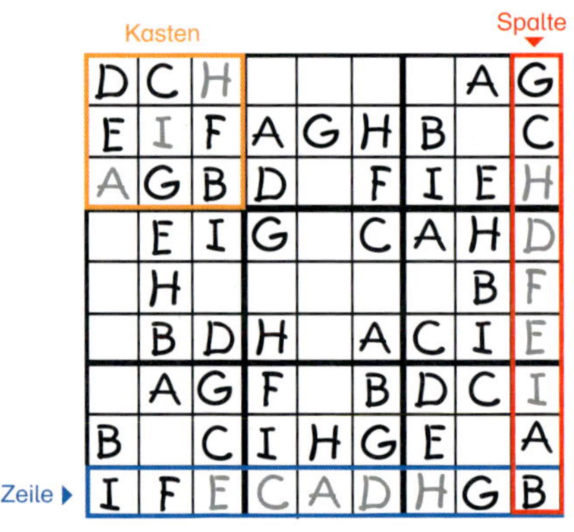

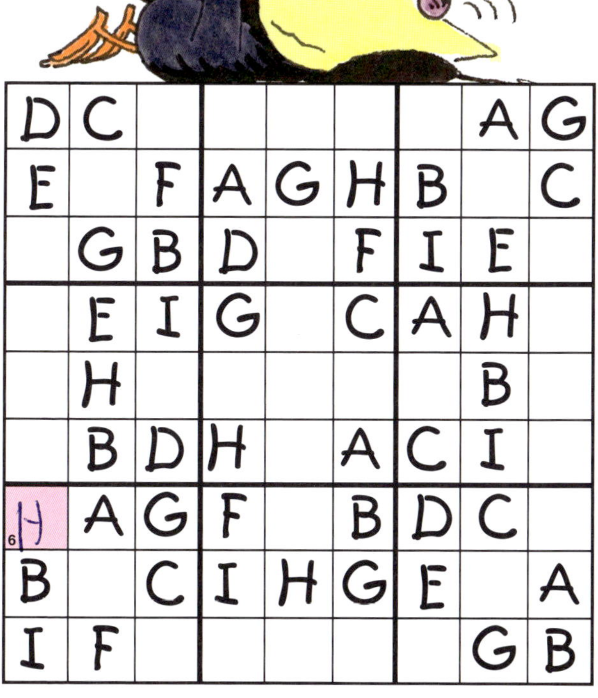

D	C						A	G
E		F	A	G	H	B		C
	G	B	D		F	I	E	
	E	I	G		C	A	H	
	H						B	
	B	D	H		A	C	I	
6 H	A	G	F		B	D	C	
B		C	I	H	G	E		A
I	F						G	B

Einkaufszettel

Aufregung auf dem Reiterhof! Ein freches Pony hat die Einkaufsliste zerrissen. Kannst du helfen und die sechs Wörter wieder richtig zusammensetzen? Verbinde die richtigen Wortteile miteinander und schreibe die Liste auf der rechten Seite neu.

Doppelgänger

Flöckchen ist einmalig und unverwechselbar. Oder doch nicht? Auf den ersten Blick sehen alle sechs Pferde gleich aus. Wenn du aber genau hinsiehst, wirst du entdecken, dass nur zwei von ihnen wirklich gleich sind. Welche sind das?

Trage hier die Buchstaben ein, die neben den beiden gleichen Pferden stehen:

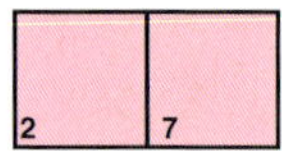

Zahlenbild

Was hat sich hier hinterm Zaun versteckt?
Verbinde die Zahlen in der richtigen Reihenfolge mit einem Stift, dann erscheint das Lösungsbild.

Pferdekunde

Kennst du dich gut mit Pferden aus? Auf der rechten Seite findest du die Bezeichnungen für die wichtigsten Körperteile eines Pferdes. Aber was gehört wohin? Schreibe die Begriffe hinter die richtigen Zahlen auf die Linien.

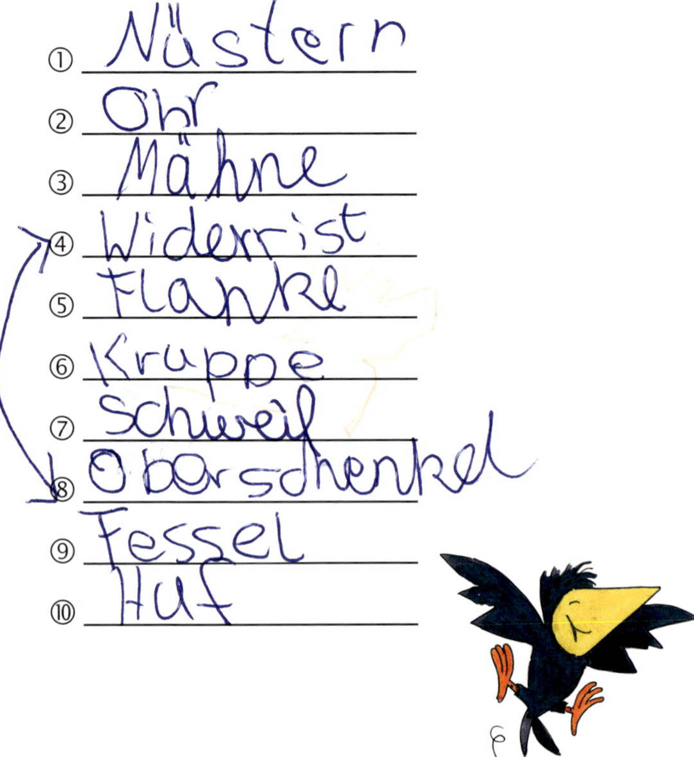

Nüstern Oberschenkel

Huf Kruppe

Mähne

Fessel

Flanke

Ohr Widerrist

Schweif

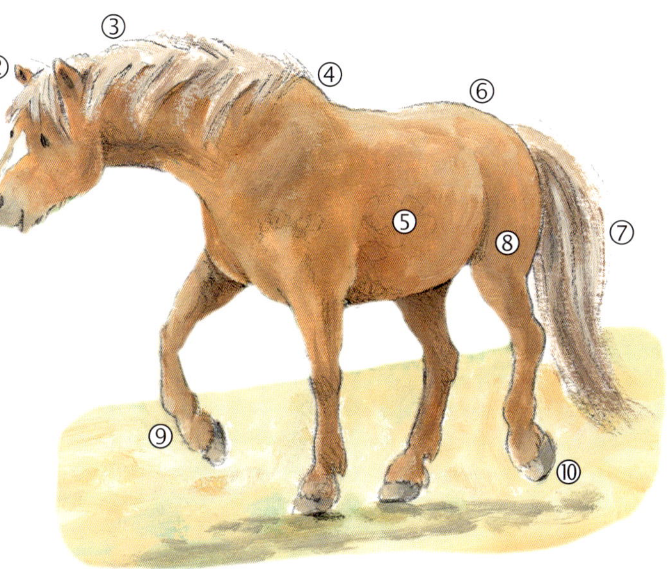

Lösungen:

Zahlenbild (Seite 113)

Pferdekunde (Seite 114/115)

① Nüstern

② Ohr

③ Mähne

④ Widerrist

⑤ Flanke

⑥ Kruppe

⑦ Schweif

⑧ Oberschenkel

⑨ Fessel

⑩ Huf

Lösungen:

Buchstaben-Sudoku (Seite 108/109)

D	C	H	B	I	E	F	A	G
E	I	F	A	G	H	B	D	C
A	G	B	D	C	F	I	E	H
F	E	I	G	B	C	A	H	D
C	H	A	E	D	I	G	B	F
G	B	D	H	F	A	C	I	E
H	A	G	F	E	B	D	C	I
B	D	C	I	H	G	E	F	A
I	F	E	C	A	D	H	G	B

Einkaufszettel (Seite 110/111)
Reithelm, Zaumzeug, Reiterhof, Hufkratzer, Wassereimer, Sattelfet

Doppelgänger (Seite 112)

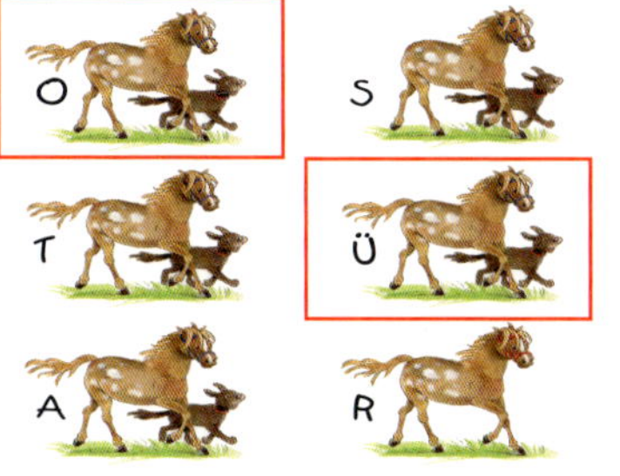

Lösungen:

Bilder-Kreuzworträtsel (Seite 104)

Irrgarten (Seite 105)

TRAB

Buchstabensalat (Seite 106/107)
Apfel, Schimmel, Stroh, Sattel, Fohle

Lösungen:

Leserätsel (Seite 94–99)

Fragen zu den „Pferdegeschichten“
REITSTUNDE

Fragen zu „Rettung für Flöckchen“
REITERHOF

Bilderrätsel (Seite 100/101)

Buchstabengitter (Seite 102/103)

Super, alles richtig gemacht! Jetzt wird es Zeit für die RABENPOST.
Schicke dem LESERABEN einfach eine Karte mit dem richtigen Lösungswort. Oder schreib eine E-Mail.
Wir verlosen jeden Monat 10 Buchpakete unter den Einsendern!

An den LESERABEN
RABENPOST
Postfach 20 07
88190 Ravensburg
Deutschland

leserabe@ravensburger.de
Besuche mich doch mal auf meiner Webseite:
www.leserabe.de

Ravensburger Bücher vom Leseraben

1. Lesestufe für Leseanfänger ab der 1. Klasse

ISBN 978-3-473-**36204**-2

ISBN 978-3-473-**36217**-2

ISBN 978-3-473-**36218**-9

2. Lesestufe für Erstleser ab der 2. Klasse

ISBN 978-3-473-**36208**-0

ISBN 978-3-473-**36173**-1

ISBN 978-3-473-**36222**-6

3. Lesestufe für Leseprofis ab der 3. Klasse

ISBN 978-3-473-**36210**-3

ISBN 978-3-473-**36214**-1

ISBN 978-3-473-**36187**-8